Benji Verdes

Te he vuelto a escribir

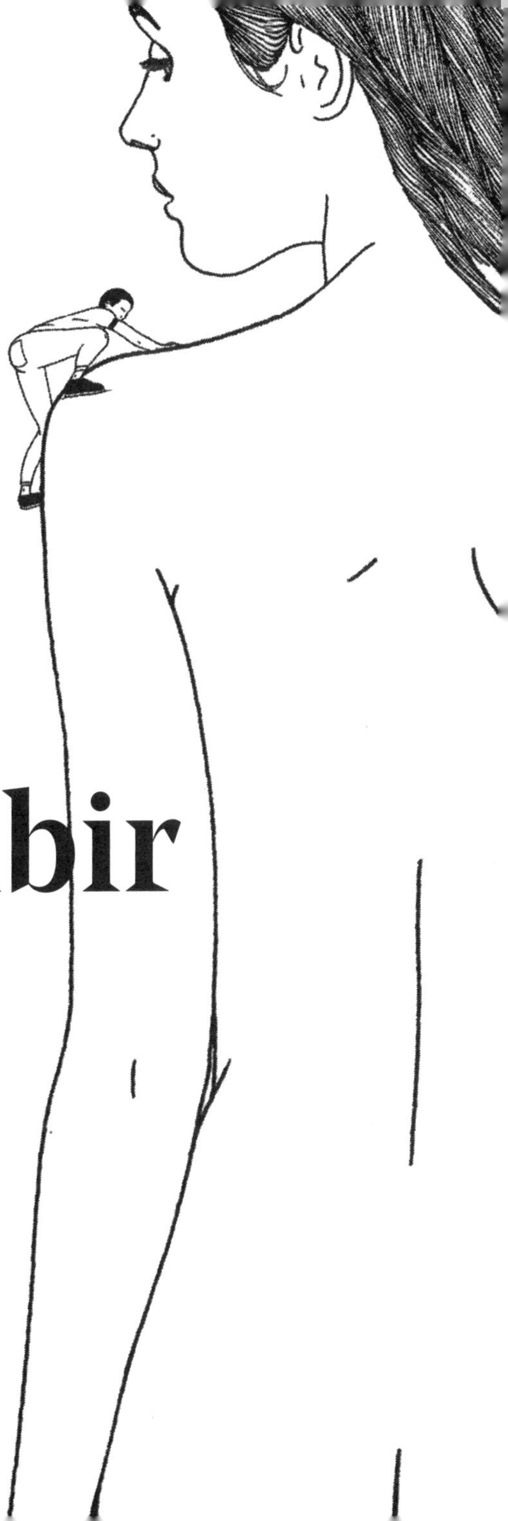

montena

Papel certificado por el Forest Stewardship Council®

FSC
www.fsc.org
MIXTO
Papel procedente de fuentes responsables
FSC® C117695

Primera edición: noviembre de 2018
Segunda reimpresión: abril de 2019

Printed in Spain – Impreso en España

ISBN: 978-84-17460-38-9
Depósito legal: B-22.983-2018

Compuesto en Compaginem Llibres, S. L.

Impreso en Gómez Aparicio, S. A.
Madrid

GT 6 0 3 8 9

Penguin
Random House
Grupo Editorial

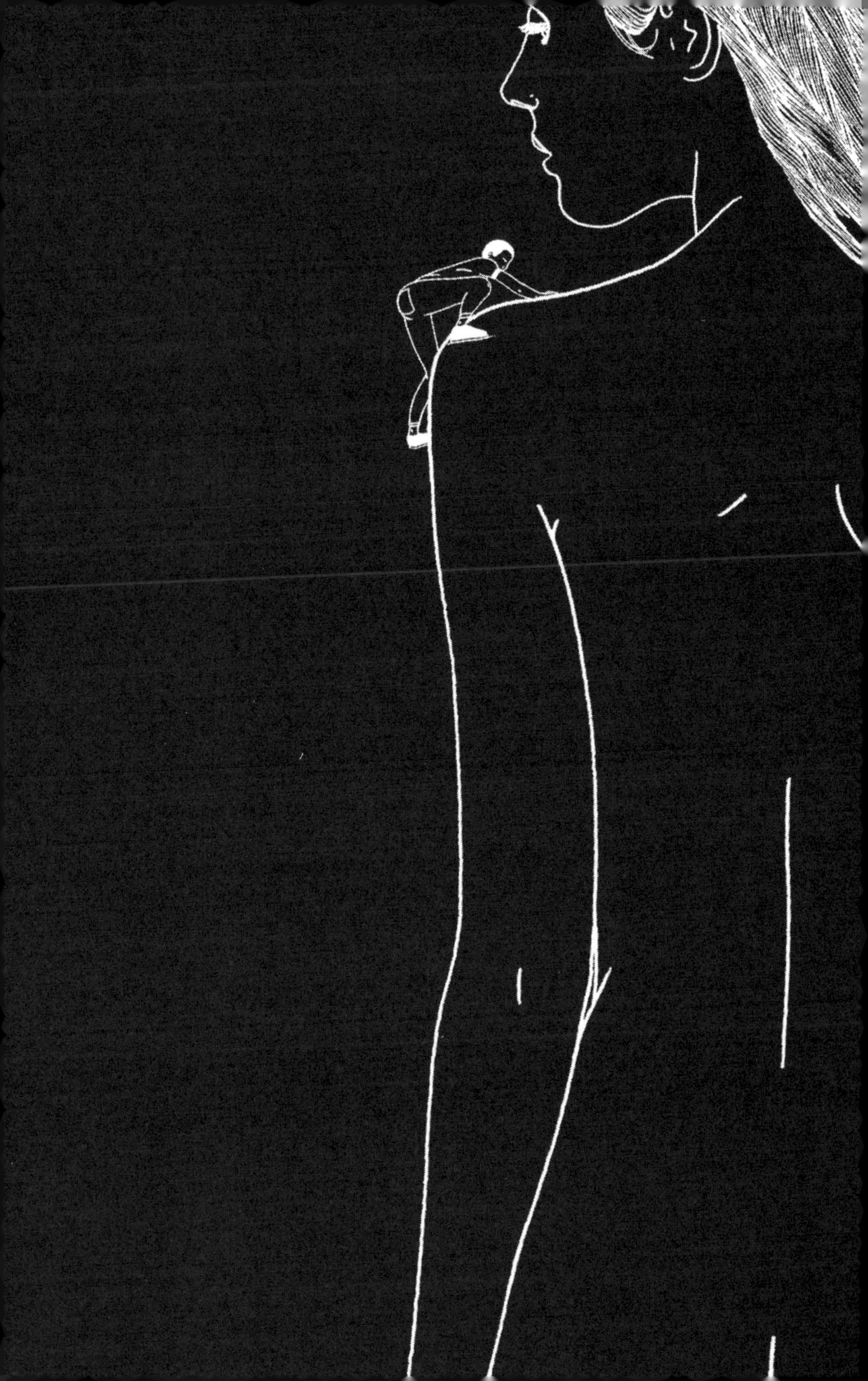

Errores

Decías que lo nuestro fue un error.

Pero te prometo que jamás me había
equivocado de una forma tan bonita.

Y te aseguro que hay veces que algunos
errores te hacen más feliz que todas las
dudas y muchos de los que creemos que
son aciertos.

Así que gracias por equivocarte
conmigo.
Eres y serás
mi error favorito.

La culpa es de la luna.

Porque sigue brillando
aunque tú no estés.

Y eso no es justo,
porque me sigue
recordando a ti,

aunque tú no estés.

El problema es que para ella todo ha acabado.
Ella es capaz de mirarme a los ojos y no estremecerse.
Ella es capaz de escuchar mi voz y no romperse por dentro.
Cuando me ve, me da dos besos, fríos, y yo solo puedo pensar en todo el calor que nos dimos hasta cuando
no podíamos tocarnos.

No sé cómo lo hizo, pero consiguió hacerme sentir una felicidad distinta. Muchas personas me han hecho ser feliz, pero nunca de esta forma tan mágica. Y, cariño, me arrepiento de muchas cosas, pero también estoy orgulloso de todas las veces que te hice sonreír. La vida merece personas que sonrían como tú. Sería un despropósito muy grande que algún día dejaras de ser feliz. Pero si te soy sincero, me gustaba hasta tu tristeza. Me gustaban tus lágrimas porque te hacían real. Nadie es de piedra por muchas corazas que se ponga, y es que estás tan guapa hasta cuando lloras que me duele no estar a tu lado para abrazarte las heridas y acompañarte en las sonrisas. Porque tú eres capaz de llenarme el pecho de felicidad solo con mirarme.

No se lo he dicho a nadie, pero pienso en ti todos los días. Siempre hay un hueco en mi nostalgia para recordarte de espaldas paseando por Madrid. Me arrepiento de muchas cosas, pero ninguna de las que hice contigo.

Gracias por los besos.
Gracias por la vida.

Tus labios

Quién quiere tener el mundo entre las manos,
pudiendo construir uno con las tuyas al rozar las mías.

Quién quiere pájaro en mano
cuando lo único que quieres es verla volando.

Quién. Dime. Quién va a querer alas para volar
teniendo tus besos para viajar.
Pies para andar,
teniendo camas para nadar entre tus caricias.

Si tengo que elegir entre vivir o morir,
elijo besar.

Y que sean tus labios los que decidan.

Que te llenen la vida de ganas, pero que nunca te hagan quedarte con ellas. Gastarlas todas a cada instante. Que te propongan planes a las tres de la mañana y salir de casa al momento. Hacer el amor sin importar la hora que sea ni las que vayas a estar. Abrazarnos desnudos toda la mañana. Hablar flojito por las noches. Mirarte a los ojos después de besarte. Lamerte la vida y decirte que ojalá todo supiera a ti. Reír juntos hasta que me hagas pedirte que te quedes conmigo para siempre. No sé. Disfrutar de las cosas porque son contigo sin importar las que sean.

Te quiero

A ti no te necesito,
necesitar me necesito a mí.

A ti te quiero:
Aquí, allí,
encima, debajo,
cerca, contra,
feliz, mojada,
con los besos en la boca,
pero, sobre todo,
como yo te quiero es:

a secas.

Cariño, hay un mundo entero que descubrir en tu mirada. Una galaxia de besos distintos que darte todos los días sin posibilidad de que caduque ninguno. Tienes en las manos las respuestas a cualquier pregunta, pero haces que se olviden todas cuando acaricias con ellas. En tu voz se esconden las palabras, pero cuando rompes las cadenas y se te escapan los «no te vayas», te aseguro que nadie tendría el valor a irse.

Cariño, tienes toda una vida por delante y de lo único que me arrepiento es de no saber encajar en ella. Que te vaya bonito. De mientras, yo seguiré intentando arreglar este desastre que es la mía.

De tu querido Ben; que te quiere con locura.

Planes

Que llegaríamos a los cincuenta juntos, y que eso solo sería el comienzo, que inventaríamos nuevas formas de besarnos porque la rutina jamás podría tumbarnos, que me acabaría gustando que me tocases con los pies fríos antes de irnos a dormir —y yo solo creía que lo que más me gustaría de ello sería la risa que se te escapaba mientras te hacía cosquillas para que me los quitases de encima—. También que inventarían películas solo para nosotros, que durasen siete minutos y veintidós segundos, para que después ya pudiésemos *des*-reprimir las ganas de besarnos; el cine siempre nos la tuvo jurada, pero nosotros nunca fuimos sinceros cuando proponíamos noches de cine.

Dijimos el nombre de diecisiete países en los que nos besaríamos hasta el amanecer, hablamos sobre los hijos que nunca supimos si nos daría tiempo a tener. Siempre teníamos planes en mente y besos en la boca. Cruzábamos en rojo los días porque nos costaba esperar a las noches.

Que nunca nos faltaría una mano a la que agarrarnos, pero lástima que no especificamos que no tenía por qué ser la del otro. Que nunca habría distancia porque nos sentiríamos cerca aun estando lejos, porque el frío no era tan fuerte como nuestras ganas de tenernos. Que todo lo que soñábamos a las tantas de la noche lo íbamos a cumplir al despertar, pero siempre se nos pasaban todos los sueños de largo por estar revolcándonos entre sábanas.

Que nunca se llega tarde a la vida de alguien si te quedas para siempre.

Quizá ese fue el problema, que llegaste tarde y te fuiste pronto, porque una persona que no está para siempre siempre se va pronto.

O simplemente que siempre decías que me querías como nadie, pero la cagaste como todos.

El amor nos vuelve locos.
Y no debería.

El amor debería volvernos
cuerdos pero con ganas
de hacer muchas locuras.

Contra reloj

No tenemos tiempo para quejarnos.
Las flores se mueren
y los besos se caen de las bocas.

Terrible desastre cada segundo
en el que no te estoy besando.

Y sí,
esto es una queja.

Declaración de distancia

Para mí,

lejos es cualquier distancia

en la que mis labios

no estén rozando

los tuyos.

Fecha de caducidad

No sé si puedo reducirlo
tan solo a eso,
pero quizá la vida
solo sea un montón de besos.

Pero a veces
tardamos tanto en darlos
que terminan caducando.

Y entonces,
lo que caduca,

es la vida.

Palabras que no te mandé

Me crece todos los días el pelo, la vida y las ganas de verte. Mi vida es una carta constante de disculpas por todas las cosas que he hecho mal. Un suceso de palabras que no son capaces de salir de mi boca cuando se tratan de ti. Porque, cariño, nunca fui capaz de explicarte que contigo hubiese hecho cosas que con otras no hubiese podido ni pronunciar. Contigo sí y con el mundo entero no. No sé cómo explicarte que en estos más de ocho mil días de vida que llevo fracasando estrepitosamente en todo lo que hago, hasta a veces en el querer, no tuve en las manos, ni en los bolsillos, ni en ninguno de mis cajones, una esperanza de compartir con alguien parte de mi vida. Y contigo supe todos los días desde el primero hasta el último e incluso los venideros que quería verte sonreír como sonreíste la primera vez. Y la segunda. Y la tercera. Y todas y cada una de las veces que las sonrisas nacieron de ti estando frente a mí. Porque te vi llorar por hombres que no eran yo y solo quise hacerte reír todas y cada una de las veces que estaba contigo, porque te merecías más de lo que nadie fue capaz de darte.

Siento, y de corazón te lo digo, siento de sentirlo, siento, de haber llorado sin miedo a que me viera nadie, siento haber hecho las cosas mal contigo. Pero cuántos cientos de días habremos pasado juntos como para perder por unas decenas todo lo que fuiste capaz de hacerme sentir en un solo segundo con un beso. Y no quiero excusarme en que las cosas nunca fueron fáciles entre tú y yo, pero he pasado tantos días a tu lado intentando hacerte feliz, que renuncio a que te vayas de mi vida sin haber podido darte un último abrazo.

Y solo porque a veces se me da mal vivir mi vida no soy capaz de llamarte aunque sea para oír tu voz. Pero sí soy capaz de escribir todos los días sobre los besos que nos dábamos. Las sonrisas que nos arrancábamos. Los secretos, que siempre y nunca queríamos decirnos al oído. Y ya no es por todo lo que he vivido contigo, sino por todas las veces que me has hecho sentir vivo.

De tu idiota Ben, que te quiere mucho y a veces es incapaz de hablarte, pero te escribe todos los días sin que tú lo sepas.

Cuando llega

A veces no hay manera de que encajen las cosas,
tú ya ni buscas que pasen, solo dejas que lleguen,
pero no llegan. Y si llegan, llegan amargas,
o torcidas,
o rotas,
incluso a veces irreparables.

Pero no llegan. Y si llegan, llegan a medias,
o sin ganas,
o sin fuerzas.
Y a veces si nosotros no somos capaces
de sacar las nuestras
como para acabar cargando con las de dos.

A veces las cosas no llegan
y las canciones tristes empiezan a hablar de ti.
Los poemas, rotos, empiezan a romperte.
Y entonces solo te abraza el sonido del mar.
Las sábanas de la cama.
Tu propia soledad.

Y todo porque las cosas no llegan.
Y si llegan, llegan arrastrándose, como si no quisieran llegar.
O confusas, o sencillamente imposibles,
que son las que más duelen.

Y pasan los días, pero es como si no pasaran,
porque cuando quieres que lleguen las cosas,
y no llegan, los días están a medias,
como rotos, amargos o torcidos.

Y si al final las cosas acaban llegando ¿sabes qué es lo peor?
Que terminan por irse siempre. Y al final ya no sabes qué hacer,
si disfrutarlas mientras duran y asumir que terminará doliendo,
o acogerlas entre tus brazos con miedo a que se vayan,
hasta que termine llegando una que no.
¿Y entonces qué?
¿Y cuando pasa, qué?
Terrible miedo. ¿No?
Pero da igual, porque entonces, disfruta.

Volver

He pisado otros continentes en los que nunca estuviste y también huelen a ti, te he imaginado en rincones de ciudades en las que probablemente nunca vayas a estar, y en mi mente seguías estando preciosa apretada contra cualquier pared con la excusa de robarte unos besos que no eran míos hasta que me los quisiste dar.
He cruzado fronteras de distintos países en tan solo horas y jamás estuve tan nervioso como cuando pasé la línea entre rozar tu piel y fundirme con ella. El calor de Indonesia me aprieta, ahoga y sofoca. Tu calor, cariño, arropa, abriga y abraza. ¿Cómo coges un avión a una ciudad que no lleva tu nombre? No quiero países que no lleven tus besos por bandera. No quiero banderas que no sean tus sábanas cubriéndonos los cuerpos de los besos que nos dimos ayer.
Amor, el cielo de estas islas que no conocen tu nombre se apaga por las noches. Y solo recuerdo que tú lo único que hacías por las noches era encenderte.
Te confieso que cruzarme el mundo entero no ha servido para olvidar todos los pasos que dimos juntos, los besos que nos regalamos, las manos que nos cedimos para apoyarnos en el otro porque no queríamos que fuese nadie más quien nos levantase.

Te confieso, cariño,
que sigo pensando en ti;
aunque la distancia me impida rozarte,
sigo notando tus mejillas entre mis dedos.

Eres la excusa más bonita que he tenido nunca
para volver.

Hay círculos que
no se cierran nunca,
pero también hay trenes
que tampoco vuelven
hacia atrás.

Hay dolores de los que nadie
nos enseña a salir,
y quizá lo único
que podamos hacer entonces
sea entenderlos y abrazarlos
hasta que dejen de doler.

A veces cierro los ojos y pienso en los besos que nos dábamos. Pienso en como reíamos como idiotas paseando por las calles de Madrid. En los rincones en los que me dejabas apoyar mi mano en tu cintura y acorralarte entre el beso y la pared. Pienso en las noches desnudándote con los ojos, en las mañanas vistiéndote con los labios. Pienso en tu sonrisa como remedio a las preguntas que hace la tristeza. Pienso en la última vez que te vi y en lo mucho que me arrepentí de que todo acabara por mi miedo a no ser capaz de cuidar de mí. Cariño, sigo pensando que el mejor sitio donde pueden estar mis ganas, es entre tus sábanas.

Sabes que te gusta mucho
una persona cuando cada vez
que te despides de ella
la besas como si no la fueses
a volver a ver.

El lado frío de la almohada
siempre fue el que dejaste
al irte.

Vuelve

Nunca me ha pedido que me quede, pero siempre que me voy me pide que vuelva. No me ha dicho que me quiere, pero me confiesa todas las mañanas que me quedo dormido en su cama, que me mira mientras duermo porque es lo único que quiere hacer. Hacemos el amor durante horas y le acabo susurrando al oído que lo que más me gusta de sus ojeras, aparte de lo bien que le quedan, es que son a causa de que mi lengua esté la noche entera rozando su piel.

Se me quitan los miedos cuando me miras a los ojos.
Y se me entristecen más cuando te veo marchar.

Pero siempre espero con una sonrisa a que regreses y sigas sin poder pedirme que me quede, pero seas incapaz de callarte un vuelve.

Porque alguien no necesita quedarse
si sabe que va a volver.

Quiérete

No busques la felicidad en los demás si no eres capaz de encontrarla en ti mismo. Vive. Sangra. Cáete. Lame tus propias heridas. Quiérete como nadie te ha querido. Sé el amor de tu vida. Aprende a reírte de ti y contigo mismo. Aprende a no necesitar. A no depender. A llorar sin esperar que nadie te seque las lágrimas. A bailar sin que nadie te tienda la mano para hacerlo juntos.

Entiende que eres la única persona que estará siempre contigo. Y sigue queriéndote como nadie te ha querido. Porque entonces estarás listo para que los demás te den su felicidad y su amor. Entonces podrás dar y recibir. Pero si no te quieres, te aceptas y te ríes solo, todo se romperá cuando venga alguien y te haga reír, querer y encontrar la felicidad. Porque esa felicidad, ese amor, serán suyos y por mucho que te los dé, no se sostienen si tú no eres capaz de quererte tanto como para darle tu amor.

Así que lámete las heridas y aprende a quererte, y solo entonces, comparte.

La magia de la primera vez

Ya no hablo de enamorarse,
que también,
pero lo que necesitamos son
personas que nos devuelvan las ganas.

Que consigan renacernos
los nervios de antes de verlas.

Que consigan, de nuevo,
la magia de la primera vez,

pero todos los días.

A veces pasan los
días como si nada,

otras recuerdo que
estuve mucho tiempo
viviendo en el día
que te conocí.

Lo que importa

A veces, lo único que importa de las personas
no es quien son,
ni a dónde van,
ni de dónde vienen,

a veces lo único que importa de las personas
es cómo te hacen sentir.

Y sobre todo,
que te hagan sentir.

A todas horas

Y solo quieres que tus labios sepan a los suyos. Que tus manos se enreden con sus dedos. Que tus pelos se confundan con los suyos en medio de un beso. Que la vida pase sin prisa y verla entera en el reflejo de sus ojos. Quieres compartir los silencios, romper las palabras cuando salen de su boca, tan solo rozando tu lengua con la suya. Quieres mandarle mensajes y decirle que extrañas su olor nada más se haya ido. Quieres acariciar su cuello y decirle al oído que le harías el amor hasta que respirar doliese. Quieres llegar a casa y que te espere entre las sábanas. Quieres llegar a su vida, mirarle a los ojos y entender que esa persona es casa. Las cosas se complican cuando con esa persona quieres y encima, a todas horas.

Me entristece cada vez que lo pienso.

Que tuvimos las ganas
pero jamás el momento.
Que tuvimos las intenciones,
pero no el lugar.
Tuvimos los planes de futuro,
pero no podíamos cumplir los del presente.
Teníamos las palabras
pero no encontrábamos dónde dejarlas.

¿Y ahora qué?

¿Se reduce todo a echarte de menos?

Pedazos

El problema es que tenías miedo a que todo fuera bien,
y terminaste obsesionándote en buscar lo malo donde no lo había,
hasta el punto de que de tanto buscar y tocar
lo acabaste rompiendo todo.

Porque las cosas cuando no se tocan con cariño
acaban siempre en pedazos.

Miedos

Tener miedo es de valientes, los cobardes fingen no tenerlo.
Es más importante superarlo que creer que no existe.

Y yo, amor, por las mañanas tengo miedo a que te despiertes un día y ya no te guste que te rasque la espalda por las noches.
Que ya no quieras ofrecerte a modo de Buffet libre todos los mediodías que pregunte qué hay para comer. Me da miedo que un día se te queden pequeñas mis manos y ya no te quepan todos los sueños que tenemos juntos en ellas. No sé, soñar es bonito cuando tengo tus pies fríos cerca para recordar que me gusta más la realidad imperfecta contigo que los sueños perfectos sin ti. Quizá un día, cariño, beses unos labios que te sepan como a mí los tuyos.

Y quizá, amor, ya no sean los míos.

Hasta que no entendamos desde el primer momento que es más importante el cómo nos hacen sentir las personas que las cosas que nos hacen sentir, no podremos quitarnos de encima a las personas tóxicas.

Y no es fácil conseguirlo,
pero sí vital.

A veces no podemos estar bien con los demás porque ni siquiera somos capaces de estar bien con nosotros mismos.

Y eso es algo que todo el mundo debería entender.

Empezarte por la Q

Quiero hacerte el amor hasta que se confundan nuestros latidos.
Que las palabras también son besos si las dices flojitas mientras estás tumbada en mi pecho.
Que las despedidas son solo oportunidades para seguir demostrando que quieres volver a verle otra vez.
Que las caricias son las palabras desde las que habla el cariño. El lenguaje del amor.
Que mirarte es una forma de tocarte sin usar las manos y quedándome sin aliento.
Que el silencio es mi idioma favorito cuando terminamos de hacer el amor. Sudados. Sucios. Llenos de vida. Y respirando el mismo aire.
Que el mundo se hace pequeño y cabe entero en tu boca cada vez que me dices «sí a todo».
Que la libertad es que te quieras más a ti que a la otra persona y que se alegre de que así sea.

Que nadie te engañe: si el
amor ciega, no es amor.
El amor solo debería abrirnos
los ojos.

Todo lo que no lo haga aléjalo
de ti.

Cuestión de tamaño

Que tus ganas de comerte el mundo junto a mí
tan solo durasen un par de semanas
tan solo demostraba que tu mundo
era mucho más pequeño que el mío.

Me duele que a veces haría cosas por los demás que no harían por mí, pero más me duele hacerlas y que no las aprecien.

Inevitables

Creo que el problema está en que aún no he asumido que, aunque hagas las cosas bien, puedes hacerle daño a las personas a las que quieres. Y lo siento si crees que fui egoísta, pero me creas o no, todo lo que hice fue pensando en hacerte el menor daño.

No sé creer si no es en ti

Rezaba sobre tu cuerpo
un «quédate» todas las noches
cuando te dormías,

y fue justo el día que te fuiste
cuando descubrí que era ateo.

Quiero hacerte el amor hasta
que nos duelan las manos
de tocarnos, los ojos de
mirarnos.

Hasta que confunda mis
latidos con los tuyos.

Volverlo a intentar

Y claro que quiero volver a besar tus labios y que me sigan sabiendo a libertad. Tu boca, con sabor a ganas de volver a intentarlo una y otra vez. Tus manos con textura de océano. Necesito volver a navegar entre tus dedos con mi cuerpo. Naufragar en tus mares de caricias y desnudarte como aquella vez que las cosas no salieron bien, pero decirte ahora, al oído, tan flojo como cercano, que tenemos toda la vida para volverlo a intentar.

Manías

Maldita manía la mía de mirar fotos de cuando aún éramos felices
juntos.
De cuando las sonrisas nos las provocábamos nosotros
y no otros.

Maldita manía la mía de pensar que podríamos volver a ser felices
como antes.
Pero no.

La vida pasa y las personas cambian,
quizá el fallo es que cuando veo todas aquellas fotografías
pienso en quién eras y en cómo me hacías sentir.

Pero aquello quedó atrás,
ya no fuiste más como solías ser
cuando éramos felices.

Y gracias a mí,
que aunque me cueste,
siempre he sabido quitarme las manías.

Aunque un te quiero
sea de verdad,

no significa que sea
para siempre.

A veces las cosas no son por ti.
Quiero decir, a veces no quiero verte
pero solo porque no quiero que el mundo me vea.

Hay días,
y hay noches.

Pero cuando los días
y las noches te lloran
y tú solo quieres llorarles,
no hay nada más que exista.

A veces el llanto es la única compañía
que un hombre necesita.
Y no por eso te quiero menos.
A veces uno mismo es la única persona
que puede ahogarte
y hacerte el boca a boca a la vez.

Nacimos para ser,
y te juro que me encanta ser contigo.
Pero entiende que si haya días
que no soy capaz ni de estar en mí,
como para compartir mi soledad con nadie.

No te enfades si ves
que yo solo me limpio las lágrimas.
No es porque no quiera,
sino porque así lo aprendí,
y ahora ya nadie lo hace mejor que yo.

Hogar

Me cuesta vivir sin tu música,
papá,

Me cuesta vivir sin tus fuerzas,
mamá,

Me cuesta vivir sin tu cariño constante,
Ana,

y es por eso que, esté donde esté,
si pienso un rato en vosotros
todo esto sigue siendo mi hogar.

Porque yo no entiendo la vida
sin vosotros,
y porque no pude elegir,
pero si me dieran la opción

elegiría una y otra vez
que mi hogar siguierais
siendo vosotros.

Porque todo lo que sé
es gracias a lo que me habéis enseñado.

Porque os quiero por todo lo que sois
y no porque a la familia haya que quererla.

Gracias por ser
y sobre todo
por seguir haciendo
que yo sea.

Carta a un amigo

Porque cuando yo no tuve fuerza suficiente
tú me apoyaste,
simplemente porque a veces no hay que ser fuertes,
a veces solo hay que ser,
apoyarse en otros cuando nosotros no nos aguantamos
y ahí reside el cariño de la amistad,
en estar cuando hay que estar,
en abrazar aun cuando no es necesario abrazar.

Porque cuando yo no sabía qué hacer
tú tenías las palabras,
porque las palabras a veces son abrazos
y porque a veces, sin palabras ni abrazos,
tú ya me decías todo lo que necesitaba saber.

Porque el tiempo no siempre decide el valor
de una amistad,
porque desde el primer día yo ya sabía
que ibas a estar ahí.

Pero lo más importante de todo;
porque por mucho que lo supiera
me podría haber equivocado,
pero no lo hice.

Estuviste y estás.

Y eso las palabras no lo expresan,
pero espero que sí lo hagan
todas las cervezas,
las noches, los días,
la felicidad y las lágrimas.

Que tus buenas noticias sigan siendo las mías,
que tu ilusión por conseguir metas siga yendo
atada a la mía,
que la vida sabe más a vida cuando es a tu lado.

Gracias por todo,
por lo que vino y por lo que vendrá.

Lo que buscamos

Reducirlo a algo tan simple como seguir pensando en charlar durante horas en el momento exacto que dices adiós. Dormirte pensando solo en despertarte para que quede menos tiempo para verle. Que te siga contando sus días con esa voz que se acaba haciendo una cama en tu cabeza.

Lo que queremos es lo que otros no nos pueden dar, la piel de gallina con un roce, perder la mirada durante segundos en su boca y que te trague tan profundo que sientas que llevas años mirándole.

Buscamos a alguien con quien hablar de todo y todo el tiempo, y no por llenar los vacíos, sino porque los silencios extrañan su voz cuando no está.

Buscamos a alguien que quiera hacerlo todo, pero solo porque es contigo.

Queremos acostarnos con alguien y que solo pensemos en despertarnos viéndole.

Fantasear con islas a las que nunca hemos ido, sacudirnos la arena de la ropa y besarnos los labios salados de mares perdidos de los cuales ni sabemos pronunciar el nombre. Dejarlo todo atrás por un momento y que lo único que importe sea tenernos delante. Bañarnos en el mar y susurrarnos al oído lo mucho que vamos a mojarnos cuando salgamos de allí. Bebernos tres botellas de vino en la playa y cogernos de la vida el uno al otro solo aguantando la mirada.

Queremos sentirnos especiales, que nos rompan los esquemas, que nos arranquen la ropa y nos vistan de besos. Pero que estos siempre sean de nuestra marca favorita: su piel.

Una chica como tú

Qué hace una chica como tú en una vida como esta.
Tengo las manos llenas de ganas de tocarte.
Calculo las distancias en besos que darte.
Eres la forma más bonita que tengo de complicarme la vida.
Mis desastres contigo no son desastres.
Haces que mi caos sea bonito cada vez que me rozas.
Tienes un millón de cosquillas en tus costillas, y yo tengo un millón y medio de ganas de sacártelas hasta que acabemos llorando de risa sobre el suelo del comedor.

Qué hace una chica como tú en unas ganas de hacerte el amor como estas.

Quédate con quien te mire con los ojos cerrados
y sin tenerte delante,

Con quien tenga tu mirada en su cabeza
a pesar de los kilómetros.

Pero sobre todo quédate con quien te coma con ella
cuando los centímetros desaparecen.

Quiero hacerte el amor hasta
que la vida no te pese.

Rozarte la piel con mi piel
desnuda y que se pare
el tiempo.

Dejarlo ir

Nadie quiere una vida llena de «puede ser». Pero parece que somos expertos en no intentarlo. En dejarlo pasar. Y ahí está el fallo. Y ahí está el dolor. En todo lo que pudo ser, pero no será porque nosotros ni siquiera intentamos que fuera. La próxima vez quizá nos pensamos dos veces las ganas que tenemos de que pase algo antes de dejarlo ir.

Nada duele más que dejar las cosas atrás porque no pudiesen ser y no porque no quisieras que fuesen.

Nuestras canciones

Aunque ya no seamos nosotros,
nuestras canciones siguen siendo nuestras.

Y en parte eso es lo que me entristece,
que aunque tú no estés,
la música siempre me lleva a ti.

Entre nosotros

Cuando te conocí entendí de qué hablaban todos esos locos que escribían canciones de amor. Todos los poemas que hablaban de ti. Dormir contigo es precioso, pero despertar junto a ti es mejor. Me llenas la vida de vida y las mañanas de besos. Quiero cocinar desnudo contigo hasta que nos quememos del roce y nos sobre tanto cariño que no nos quepa en los besos. Que sepas que contigo y contra ti. Porque estás preciosa cuando sonríes contra mi pecho. Y porque me encanta cuando todos los besos son sobre tu cuerpo. Eres todo de lo que la poesía hablaba, pero también eres todo lo que callo para que siempre quede un poema entre nosotros.

Y me dolió que lo mejor
que me pudo pasar,
que fue conocerte,
me pasó en un momento
tan malo en el que no me
conocía ni a mí.

Fuiste la persona
y el lugar,
pero por desgracia,
no el momento.

Sin ti

Me sabe mal saber que no disfrutarás de mí como yo lo hago de ti. Ni mucho menos porque yo no valga la pena ni las alegrías ni los besos y los revolcones entre tus labios.

Sino porque tú aún no sabes lo que es acariciarte la espalda mientras suenan tus canciones favoritas. No sabes lo que es besarte las mejillas y verte desmaquillada después de hacer el amor durante horas. No sabes lo que es verte dormir con la boca medio abierta y la sonrisa despeinada mientras sueñas. No sabes lo que es verte desnuda mientras miras tu teléfono como si el mundo pudiera seguir sin más, después de que llegues y rompas todos los esquemas de los que había hablado la belleza. No sabes lo que es aprender del amor de tus labios.

Joder, no sabes lo difícil que es echar de menos porque tú nunca has estado sin ti.

De ti me gusta que me miras siempre
como si llevaras toda la vida mirándome
y no se te quitaran las ganas de seguir haciéndolo.

He soñado que vivíamos juntos en un pequeño piso perdido por Malasaña. Que por las mañanas hacíamos batidos de fruta y verdura y tú me dejabas perderme por tu cuello mientras te cepillabas los dientes.

Teníamos estanterías repletas de libros y sonaba música en casa a todas horas.
Una agenda en una mesa de madera a la entrada de la casa donde apuntábamos todos los conciertos a los que íbamos a ir.
Imanes en la nevera de sitios del mundo en los que no habíamos estado pero en los que ya sabía que quería besarte.

He soñado que vivíamos juntos en un pequeño piso de Malasaña donde solo cabían las caricias y los besos. He soñado que curabas todos los males que yo mismo me causé. Que sonreías por el piso a todas horas y cantabas mientras yo escribía historias que nos iban a pasar.

He soñado que vivíamos juntos en un pequeño piso de Malasaña,
pero era solo un sueño;
y he vuelto a despertar
sin ti.

Echar de menos

Simplemente porque tú
ponías las sonrisas en todo este caos.

El viento
en todo este huracán.

Las olas
en este mar.

Y cariño,
yo no sé vivir en este orden,
donde no sopla el viento
y se puede nadar en paz.

De recuerdos no se vive.

Pero a mí me gusta picotear
de ellos las noches que no estás.

Pensar en cuando me llenabas
la cama de besos y me vaciabas
las dudas con las manos,
acariciándome la espalda
y susurrándome;

Vamos a hacer el amor
hasta que nos enamoremos.

Y entonces pasó lo que pasa
casi siempre:
la vida,
pero por encima del amor.

Si amas hasta que duela;
no amas,
simplemente,
te engañas.

Recuerda siempre,
el amor no duele.

Jamás.

Hay días que, por mucho
que pasen,

nunca terminan de pasar.

Nadie te enseña a echar
de menos,
y creo que ahí está el golpe.

El amor son ganas de todo
a todas horas con quien quieras,
pero solo porque quieres que sea
esa persona
y no otra.

Las veces que más me ha dolido echar de menos
fueron todas en las que me echaba de menos a mí.

Es difícil no estar bien con uno mismo,
pero todo llega si quieres que llegue.

Indomable

Yo siempre supe que no te convenía. Un veneno que mata pero tiene un sabor dulce. Tú aspirabas a comerte el mundo y yo solo tenía ciudades para regalarte de mi mano. Yo solo tenía veintidós años y muy pocas cosas que entender. Y eso siempre te dolió, que el mundo se te quedase pequeño a mi lado siendo tú tan grande. A ti te cabe un planeta en los labios cada vez que hablas. Y yo aquí, perdido en un mar de dudas, en vasos de agua que quitan la sed pero no las ganas de nadar. Y tú siempre con ganas de cruzar océanos que yo jamás supe ofrecerte. Y nada me duele más que tener gotas de agua para alguien con una sed indomable.

Lo peor del día después de
dormir contigo es que todo
huela a ti,

pero tú no estés.

Beber tus besos

No sé cómo decirte que todas las palabras que salen de mi boca también quieren hacerte el amor. Que quiero vivir contigo en mi cama y hacerlo hasta que nos adelgace todo menos las ganas. No sé cómo decirte que quiero lamerte los labios a todas horas y agarrar tu cintura como si me fuese a caer por un precipicio. También te digo que si quisiera vivir en algún sitio jamás elegiría una ciudad: sin duda, mi lugar favorito es estar dentro de ti. Que no concibo hacer el amor sin que luego te quedes tumbada encima de mí y nos empapemos de vida el uno al otro. Quiero cansarme contigo. Sudar tu sudor. Beber tus besos. Comer tus carnes.

Cariño; mi deporte favorito es hacer el amor contigo.

Vacío

Porque contigo no importaba
el tamaño de los huecos,
tan solo que tenías la capacidad
de llenarlos todos.

Y eso era lo que me hacía feliz;
que contigo no existía el vacío.

Me gusta más la realidad imperfecta contigo que los sueños perfectos sin ti.

A ti, que me contabas que solo querían
invitarte a copas en las discotecas
y contarte películas que duraban dos escenas.

A ti, que te vi y pensé que eras mágica,
también quise invitarte.

Pero no a las copas,
sino a que te quedases en mi vida.

Eran locos,
con lo poco que costaba una copa
y no sabían lo mucho que valía
tenerte en sus vidas.

Tú me enseñaste
que las noches eran
para no dormir.

Pero dejó de sonar bonito
cuando las noches
se hacían largas
por no dormir contigo.

Porque me abrazabas
tan fuerte
que, en vez de hacerme heridas;
me las curabas.

Y por eso tú.

Reflejos

Una vez te dije que estaba enamorado de ti,
y después de ese día no nos volvimos a ver.

Quizá porque aquella vez ya no estaba enamorado,
pero todo fue un reflejo de todas las veces que lo estuve
pero no tuve valor de decírtelo.

Tengo tantas cosas que decirte que si estuvieras aquí empezaría por besarte.

No sabes lo que pesa el tiempo cuando no pasa. No sabes las ganas que tengo de empezar de cero toda una vida contigo y que sigas siendo el motivo más bonito para despertarse por las mañanas. Contigo.

Contigo. Ese es el único motivo que pesa y vale cuando hablamos de hacerme feliz.

Tenemos un mundo entero a nuestros pies, las ganas de cogernos las manos y conocerlo. Quiero descubrir barrios perdidos de ciudades que no sepamos ni dónde están. Quiero pasear por las noches por callejones oscuros y hacer el amor por las mañanas hasta que se nos junte el desayuno con la comida.

Que el primer viaje es dormir contigo.

Que conocer el mundo es más bonito si el viaje empieza en tu cama.

Tengo tantas cosas que decirte que,
si estuvieras aquí,
en vez de decírtelas,
te las besaba.

Parar el mundo

Pensaba que parar el mundo
era una metáfora,
hasta que me miraste
entre la gente
y solo pude verte a ti.

El querer

Me pasé la vida
buscando la media naranja,
hasta que te conocí.
Tú, que eras una naranja entera
y no necesitabas mitades.

Y aun así,
tú querías compartirlo
todo,
conmigo,
no porque lo necesitases,
sino porque querías.

Y ahí estaba la magia
y ahí estaba el amor.

En el querer
y nunca en el necesitar.

Lo malo de la poesía es que
dura para siempre,
y aunque tú ya no estés,
hay un mar de palabras que me
recuerda a ti,
un montón de tinta que lleva
tu nombre

y, sobre todo,
unos motivos preciosos
para nunca dejar de leer,
porque hacerlo, en parte,
es seguir despertándome
contigo.

Hay abrazos de los que los libros
y la poesía jamás podrán hablar.

Porque tú me enseñaste
que dos cuerpos que yacen
desnudos en una cama
a veces se dicen más
que todos los versos
que puedan salir de las manos
de un escritor que vive
sumergido en su melancolía.

Ojalá te quedes porque no te den miedo los compromisos. Porque sientas que cogerte a mis manos no sea atarse, sino todo lo contrario, una excusa más para echarte a volar.

Ojalá te quedes porque sea mi olor el que elijas por encima de todos.
Porque sean mis besos los que te quiten el hambre.
Porque sean mis ganas de comerte lo que te sacie las ganas.

Ojalá te quedes por lo más simple,
porque quieres estar aquí
y no en otro sitio.

Me duele vivir con miedo
a hacer constantemente daño
a la gente que me importa.

Porque a veces la vida no es fácil,
y aunque hagamos las cosas bien,
tenemos que elegir caminos
que harán daño a otros.

E insisto: duele.

Golpes

Te lo creas o no,
fue un golpe muy duro descubrir
que la vida también sigue
sin ti.

Antes de ti

No te creas tan importante;

ya he llorado por
otras personas
antes de ti.

Complicaciones

A veces parece que nos guste
complicarnos la vida.

Pero siendo sinceros,
lo que de verdad nos gusta es

que nos la compliquen.

Desnudarse

El día que sentí que mi lugar favorito en el mundo
era estar desnudo entre tus brazos desnudos,
no quise otros brazos.

Ni tampoco otra desnudez
que no fuese la nuestra.

Aire

Y entonces descubrí
que el aire, cuando
no sale de tu boca,
tan solo es eso:
aire.

Ya no es sobre alguien que te haga sentir bien.
Es sobre sentirte tan bien contigo mismo que no necesites a nadie.

Simplemente valorar a las personas que estén porque quieren estar contigo. Y saber dejar de estar con las personas que te hagan dudar constantemente.

La felicidad nace de uno y se comparte para complementar la de los otros.

Libertad

Que la libertad tiene que ver
con que te quieras más
a ti que a la otra persona,

y que se alegre por ello.

Y yo que solo quería disfrutar de ti,
pasear por Madrid
y escaparnos a Europa
cuando quisieras.

Pero se me llenaron
las palabras de planes
que tú nunca quisiste llevar a cabo.

Y ahora nos quedan los saludos fríos
y aquellas promesas incumplidas de noches de cine.

Siempre tuve ganas de invitarte a un café.
O de tomarnos una cerveza.

Simplemente tenía la tentación de abrirte en canal y que me contaras las cosas que se mueven dentro de ti. ¿Qué te quita el sueño? ¿Cuáles son las cosas en las que piensas por las mañanas para que los días se te llenen de ganas? ¿Cómo te gustan los besos? ¿A qué saben las mañanas contigo?
Siempre tuve ganas de conocer qué se ocultaba detrás de esa sonrisa tímida que ponías cuando te decía un cumplido o conocer de dónde salían todas las fuerzas que juntabas cada vez que abrazabas.
Cada vez que te ibas de los sitios se quedaban con tu olor.
No sabes lo difícil que es despertar pensando en tu olor
sin que tú hayas dormido aquí.
Siempre tuve ganas de invitarte a un café o, quién sabe, a que entraras a mi vida y saber cómo sabía el café cuando venía de tus labios.

Este libro es para todo aquel y aquella
que me haya hecho sacar una palabra
de mis labios para atravesarla aquí
con mis letras.

A Javier y a Esther,
porque sin vosotros no sería nada;
gracias por seguir demostrándome
todos los días que la suerte existe
y es la de teneros.

A Ana,
por mantener mis pies en la tierra,
porque eres todo lo que no he sido
y te quiero por ello,
eres todos los ejemplos del mundo en uno
y no hay cariño más grande que el de ver
a alguien a quien amas
y poder sentirte orgulloso.

A mis amigos,
porque si no fuera por vosotros
aún me quedaría algo de cordura
y yo no sé sacar palabras desde ahí.

Y a ti,
que estás leyendo esto,
sigue llenando tu vida de palabras,
que de todas se aprende algo.